蟲蟲生態小故事

# 瓢蟲的日記

## 我是美麗小公主

徐　魯 / 著
吳　波 / 繪

新雅文化事業有限公司
www.sunya.com.hk

這是我的第一張
睜着眼睛的照片

幼兒園情況記錄表

## 9 月 19 日

1. 入園情緒：積極　普通 ✓　失落

2. 飲食情況：主動　挑食 ✓　不吃

3. 學習成績：優秀 ✓　良好　加油

4. 與小朋友相處：融洽 ✓　正常　打架

**老師留言：**

今天，悠優小朋友對着鏡子一直照呀照，表情很美的樣子。老師叫她都沒有聽見。

**家長留言：**

她在家也是這樣……

我不喜歡被人家拍到
我吃東西的樣子

我跟小美要做一輩子的好朋友

我討厭蚜蟲！討厭！

我喜歡藍天

小勇是個大力士

幼兒園短跑比賽

爸爸說，這是我小時候的樣子。
好難看呀！
嬰兒服一點兒也不漂亮！

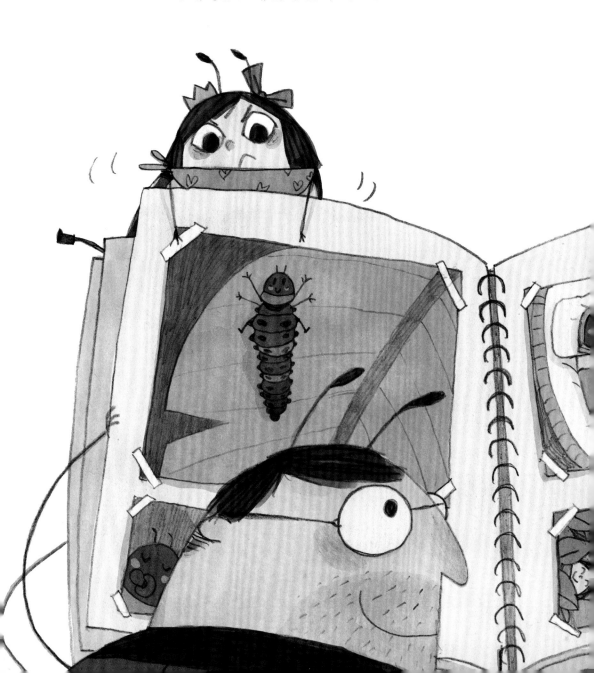

可是，爸爸媽媽都很愛我！

我們家的悠優，是世界上最漂亮的瓢蟲小公主！

我媽媽喜歡化妝打扮。她是世界上最漂亮的媽媽！

7

9 月 1 日

　我出生後沒過多
久，就要去上
幼兒園了。

9

9月3日

我們社區的「小瓢蟲幼兒園」，有好多小朋友。

今天，我和娜娜、小美、小勇成了好朋友。

我們一起唱歌，一起跳舞，
一起採樹葉……

我的衣服上有七個黑點點。
娜娜的衣服上有九個黑點點。
小美的衣服上有十二個黑點點。
小勇的衣服上，一個黑點點也沒有。

* 注解：瓢蟲別名很多，如花大姐、紅娘、天道蟲等，西方人就稱牠叫
　　淑女蟲 (Ladybird)。

15

二十八星瓢蟲*，是所有瓢蟲裏的「老大」。馬鈴薯遠遠地看見她，都會嚇得打哆嗦！

這麼厲害呀！在她面前，我還是乖一點才好。

9月16日

我們的老師很搞笑！
她的衣服上有一、二、三、四、五、六、七、八、九、十……有二十八個黑點點呀！
太誇張了吧？看上去像顆大草莓！

*注解：二十八星瓢蟲是「馬鈴薯瓢蟲」和「茄二十八星瓢蟲」的統稱，以吃馬鈴薯和茄子為主。

老師，這裏有隻小蚜蟲！

9 月 17 日

今天，老師帶着我們，認識哪些花可以吃，哪些嫩葉可以吃。

蚜蟲是害蟲，會咬死植物的。小勇，勇敢些！吃掉牠！

小勇發現了一隻小蚜蟲，一口吞了下去！好噁心呀！

19

**9 月 20 日**

我們跟着老師，學習用各種各樣的姿勢飛翔——

這是俯衝……

這是滑翔……

這是旋轉……

這是……對了，
這是像大雁一樣，列
隊飛翔……

9 月 24 日

今天我飛累了，就在家裏爬行了一會兒。

我覺得我爬行的速度很慢。因為我爬行的時候要用六隻細腳，所以，媽媽每次給我做新鞋子，都要做六隻！

媽媽做的新鞋子，穿着非常舒服！

我走起路來，不會發出嗒嗒的聲音。因為這是媽媽用最柔軟的布和皮料做的鞋子。

25

**9 月 25 日**

今天，我差一點就被一個頑皮的孩子捉住了。

我一點也沒慌張。

我順着他的手指，朝着指尖輕輕爬去……

然後，我就像一架小小的飛機一樣，
張開翅膀……
　起飛！
　成功了！

　　爸爸把一些張牙舞爪的傢伙，畫成了掛畫，掛在我的小房間裏。

記住，這些都是最危險的敵人，不能靠近喲！

這是長得醜醜的蜘蛛。

這是……哦，這不是危險的敵人，這是我媽媽新拍的寫真照！

這是揮舞着大刀的螳螂。

這是喜歡躲在樹葉後面
的灰雀。

29

10月1日

只要在爸爸媽媽身邊，再危險的敵人我也不怕！

因為爸爸媽媽會全力保護我。

可是，我已經長大了！

我要自己走路去上學了。

這時候遇到壞蛋怎麼辦呢？

喂，我已經死了，
你還看什麼看！

爸爸教給我一個絕招：遇到危險的敵人，來不及躲藏的時候，就趕快把三對細腳縮在肚子底下，趴下裝死，這樣就可以瞞過敵人啦！

31

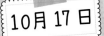

別人永遠不會明白，當一隻小瓢蟲，會有些什麼苦惱。

我好想，像小蜻蜓那樣，有苗條的身材⋯⋯
我好想，像小蝴蝶那樣，有又大又漂亮的翅膀⋯⋯
我好想，像小蜜蜂那樣，穿上有條紋的裙子⋯⋯

可是，

我沒有！

沒有！

沒有！

我渾身上下都是圓圓的、圓圓的、圓圓的！

連衣服上的點點，也永遠是圓圓的、圓圓的、圓圓的！

我們的小公主，看上去有點不開心啊？

會不會是和小朋友吵架了？

夏天過去了……
秋天也要過去了……
接着，冬天就要到來了……
外面已經很冷了，但我們的家裏卻十分暖和。
爸爸、媽媽和我，我們一家，會在暖暖的泥土下，度過漫長的、寒冷的冬天。

再見啦！朋友們。

等着我吧，等到明年，

又一個春天到來的時候，

我們還會在花園裏見面喲！

暖暖的下午

第一次碰到蜘蛛

幼兒園畢業典禮

我隨時都可以過生日
（只要我想吃蛋糕）

爸爸說一定要把我寫日記
的樣子拍下來

鞦韆，我的最愛！

# 夢想STEAM職業系列

**一套4冊**

## 從故事學習 STEAM，我也要成為科技數理專才！

本系列一套4冊，介紹了科學家、工程師、數學家和編程員四個STEAM職業。把溫馨的故事，優美的插圖，日常的數理科技知識巧妙地融合在一起，潛移默化地讓孩子了解STEAM各相關職業的特點和重要性，並藉此培養他們正面的價值觀和協作、解難技能，將來貢獻社會！

## 了解 4 種 STEAM職業：

**我是未來科學家**
學習多觀察、多驗證

**我是未來工程師**
學習多想像、多改良

**我是未來數學家**
學習多思考、多求真

**我是未來編程員**
學習多創新、多嘗試

## 圖書特色：

溫馨故事配合簡易圖解，
鼓勵孩子**多觀察身邊的事物**，
**多求證解難**，引發孩子的好奇心

講述著名科學家、工程師、數學家和編程員的事跡，
讓孩子了解STEAM職業
的特點和重要性

書末提供如何成為各種STEAM專才的建議，
引導孩子思考，**培養數理科技思維**，
為投身理想STEAM職業踏出第一步！

一起來跟**科學家、工程師、數學家**和
**編程員**學習，培養嚴謹的科學精神、慎
密的頭腦、靈活的思維，從求知、求真、
求變中，為人類的福祉和文明作出貢獻！

科技數理融入生活，
知識融入故事。
一起進入 STEAM 世界！

定價：$68/ 冊；$272/ 套

蟲蟲生態小故事

瓢蟲的日記
——我是美麗小公主

作　　者：徐魯
繪　　圖：吳波
責任編輯：黃楚雨
美術設計：張思婷
出　　版：新雅文化事業有限公司
　　　　　香港英皇道499號北角工業大廈18樓
　　　　　電話：(852) 2138 7998
　　　　　傳真：(852) 2597 4003
　　　　　網址：http://www.sunya.com.hk
　　　　　電郵：marketing@sunya.com.hk
發　　行：香港聯合書刊物流有限公司
　　　　　香港荃灣德士古道220-248號荃灣工業中心16樓
　　　　　電話：(852) 2150 2100
　　　　　傳真：(852) 2407 3062
　　　　　電郵：info@suplogistics.com.hk
印　　刷：中華商務彩色印刷有限公司
　　　　　香港新界大埔汀麗路36號
版　　次：二〇二二年二月初版

ISBN: 978-962-08-7933-3

Traditional Chinese Edition © 2022 Sun Ya Publications (HK) Ltd.
18/F, North Point Industrial Building, 499 King's Road, Hong Kong
Published in Hong Kong, China
Printed in China

原書名：《我的日記：瓢蟲的日記》
文字版權©徐魯
圖片版權©吳波
由中國少年兒童新聞出版總社有限公司2015年在中國首次出版
所有權利保留